LE YOGA C'EST POUR MOI

TEXTE DE SUSAN VERDE · ILLUSTRATIONS DE PETER H. REYNOLDS

Texte français d'Isabelle Fortin

SCHOLASTIC

Les illustrations de ce livre ont été réalisées avec de l'encre, de la gouache, de l'aquarelle et du thé.

Catalogage avant publication de Bibliothèque et Archives Canada

Verde, Susan
[I am yoga. Français]
Le yoga c'est pour moi / Susan Verde ; illustrations de Peter H. Reynolds ;
texte français d'Isabelle Fortin.

Traduction de : I am yoga.
ISBN 978-1-4431-5327-0 (couverture souple)

I. Reynolds, Peter, 1961-, illustrateur II. Titre. III. Titre: I am yoga. Français.

PZ23.V438Yog 2016   j813'.6   C2016-901255-7

Édition publiée par les Éditions Scholastic, 604, rue King Ouest, Toronto (Ontario) M5V 1E1, avec la permission d'Abrams.

5 4 3 2 1   Imprimé au Canada 119   16 17 18 19 20

Conception graphique du livre : Chad W. Beckerman.

À Jennifer Cohen Harper, ma merveilleuse amie
et mentor, et pour tous les yogis, petits et grands
                                                    —S.V.

À Bruce et Carole Hart
                        —P.H.R.

Quand je me sens
toute petite
dans ce monde
si vaste,

quand je me demande où est ma place,

ou quand tout va beaucoup trop vite...

J'arrête de bouger.

Je calme mon esprit.

Je ralentis
ma respiration.

Je ferme les yeux,
j'ouvre mon esprit
à la créativité
et à l'imagination,
et je fais de
la place dans mon cœur.

Le yoga, c'est pour moi.

J'arrive à toucher le ciel.
Je suis incroyablement grande.

Je plane dans les nuages.
Je suis libre.

Je scintille avec les étoiles.
Je brille et je resplendis.

Je danse avec la lune.
J'illumine la nuit.

Je vogue sur la mer.
Je me laisse porter.

J'ouvre mon cœur.
Je ressens de l'amour.

Je vois aussi loin que l'horizon.
Je suis concentrée.

Je regarde le monde à l'envers.
Je suis enjouée.

Je me tiens debout,

je défends les autres,

je recherche la paix.

Je m'ouvre comme une fleur.
Je suis magnifique.

Je porte la beauté en moi.
Je suis comblée.

Je suis satisfaite.
Je suis détendue.

Je me repose.
Je suis calme.

Maintenant,
le monde
ne tourne plus
aussi vite
et il n'est plus
aussi vaste.

J'ai trouvé ma place.
Le yoga, c'est pour moi.
Je peux être tout ce que je désire!

Note de l'auteure

Le mot *yoga* signifie « union ». Le yoga est l'union du corps et de l'esprit. Pour moi, la pratique du yoga est une façon de gérer mon stress, de calmer mon esprit, de fortifier mon corps et d'être présente dans mes rôles d'enseignante, de parent, de professeure de yoga pour enfants et de personne vivant dans un monde en pleine effervescence.

Les enfants *incarnent* le yoga. Ils commencent à le pratiquer naturellement dès leur plus jeune âge. Le yoga fait partie de leur développement. Sur le ventre, ils font le cobra. Puis, sur le dos, ils attrapent leurs orteils et adoptent la pose du bébé heureux. En vieillissant, les enfants, tout comme les adultes, sont exposés à des sources de stress comme les cauchemars, les querelles avec leurs frères et sœurs et la pression des amis. L'école, un horaire chargé et, dans certains cas extrêmes, les traumatismes créent aussi du stress. Grâce aux postures, aux jeux, aux méditations et aux activités d'attention consciente du yoga pour enfants, ces derniers gagneront en force et en calme. Ils pourront aussi prendre conscience du lien qui existe entre le corps et l'esprit de façon non compétitive et ludique. Le yoga pour enfants et toutes ses facettes sont un bel outil pour aider petits et grands à affronter un monde dans lequel ils se sentent parfois bien petits.

J'espère que cette histoire charmante qui montre la manière dont on peut *incarner* le yoga permettra aux enfants de tirer profit de tout ce que cette discipline a à offrir. Avec le temps, ils pourront lire, jouer, imaginer, explorer, s'exprimer, respirer... et comprendre que peu importe qui ils sont et comment ils sont, ils ont leur place dans ce monde immense qui est le nôtre.

Les postures

Voici une liste des postures dont il est question dans *Le yoga c'est pour moi*, accompagnées de leur nom en sanskrit (dans la plupart des cas) et de quelques indications sur la façon d'exécuter le mouvement. En yoga, on apprend aux enfants à respirer en inspirant et en expirant lentement et profondément par le nez, ce qui calme le système nerveux.

La montagne (Tadasana) : Debout, les pieds collés ou légèrement écartés, répartissez également le poids sur les deux pieds. Contractez les cuisses et rentrez le ventre. Faites rouler les épaules vers l'arrière. Laissez les bras pendre le long du corps, paumes tournées vers l'avant, ou placez-les au-dessus de votre tête, paumes jointes. Vous êtes une montagne.

Inspirez et expirez lentement. Vous pouvez aussi fermer les yeux et imaginer que vous êtes solide, immobile et calme.

L'arbre (Vrksasana) : Trouvez d'abord un point immobile au sol ou à hauteur des yeux que vous pourrez fixer pour garder votre équilibre.

Prenez la posture de la montagne. Puis, levez les bras en croix et étirez-les comme les branches d'un arbre. Levez une jambe, pliez le genou vers l'extérieur et placez la plante du pied soit sous le genou de la jambe d'appui soit au-dessus. En inspirant et en expirant lentement, levez les bras au-dessus de la tête et imaginez que vous poussez comme un arbre. Puis, descendez lentement les mains à la hauteur de la poitrine, reposez le pied au sol et répétez de l'autre côté.

L'avion (Virabhadrasana III) : À partir de la montagne, levez et étirez les bras vers l'avant. Inspirez profondément puis, tout en expirant, penchez-vous vers l'avant et allongez une jambe vers l'arrière. Gardez la posture pendant quelques respirations. Reposez la jambe au sol et répétez de l'autre côté.

L'étoile (Utthita Tadasana) : Debout, les jambes bien écartées, levez et étirez les bras vers le haut. Inspirez profondément. Brillez et resplendissez un peu plus à chaque expiration.

La demi-lune (Ardha chandrasana) :

Prenez la posture de la montagne, penchez-vous vers l'avant et posez votre main droite au sol à environ une main et légèrement à droite de votre pied droit. Levez la jambe gauche jusqu'à ce qu'elle soit parallèle au sol. Une fois en équilibre, tendez le bras gauche vers le ciel. Respirez profondément. Regardez droit devant vous ou vers le haut en direction de votre main. Imaginez que vous vous adossez à un mur et que vous ouvrez la poitrine. Puis, reposez la jambe au sol et répétez de l'autre côté.

Le bateau (Navasana) :

Assoyez-vous par terre, genoux fléchis et pieds joints au sol. Étirez les bras devant vous de chaque côté des genoux. Levez les orteils du sol et mettez-vous en équilibre sur les fesses. Vous pouvez ensuite étirer les jambes vers le haut ou garder les genoux fléchis. Tentez de garder les pieds en l'air en chantant « c'est l'aviron qui nous mène, mène, mène... »

Le chameau (Ustrasana) :

Agenouillez-vous en plaçant soit les orteils repliés vers l'avant soit le dessus du pied à plat au sol, puis posez les fesses sur les jambes et attrapez les talons. Bombez la poitrine vers le ciel comme si vous vouliez reproduire la bosse d'un chameau. Vous pouvez aussi, les jambes au sol, mais sans vous asseoir dessus, soutenir le bas du dos à l'aide des mains, puis soulever la poitrine vers le ciel en faisant rouler les épaules vers l'arrière et en les rapprochant l'une de l'autre.

L'aigle (Garudasana) :

Prenez la posture de la montagne, fléchissez légèrement le genou gauche, puis soulevez la jambe droite et croisez-la par-dessus la gauche. Levez le bras gauche devant vous, coude fléchi. Passez ensuite le bras droit sous le gauche et redressez-le pour placer les paumes l'une contre l'autre. Vous pouvez aussi simplement coller le dos des avant-bras ensemble.

Une fois en équilibre, descendez le bassin comme si vous vouliez vous asseoir. Inspirez et expirez lentement. Imaginez que vous êtes un aigle qui observe quelque chose au loin. Pour finir, dépliez les bras et déployez vos ailes. Répétez de l'autre côté.

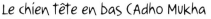

Le chien tête en bas (Adho Mukha Svanasana) :

À quatre pattes, les orteils repliés vers l'avant, inspirez. À l'expiration, levez le bassin vers le ciel en dépliant les jambes et en poussant les talons vers le sol. Pressez les paumes contre le sol, les doigts vers l'avant. Regardez entre vos genoux. Remuez la queue, jappez ou soulevez une jambe ou l'autre. Amusez-vous!

Les guerriers :

Les postures de guerrier ont pour but d'aider à se sentir fort et puissant, tout en comprenant que la colère et l'agressivité ne sont pas nécessaires pour se défendre ou défendre les autres. Ces postures sont une belle occasion de discuter des moments où l'on pourrait devoir utiliser cette force, en prenant exemple sur les guerriers pacifiques de l'histoire (Martin Luther King Jr., Gandhi, etc.). Pendant chaque posture, dites à voix haute quelque chose de positif sur vous, par exemple « Je suis fort! », « Je suis paisible! » ou « Je suis courageux! »

Le guerrier I (Virabhadrasana I) :

Prenez la posture de la montagne, faites un grand pas vers l'arrière avec la jambe droite. Les orteils pointent vers la droite et la jambe est droite. Fléchissez la jambe gauche jusqu'à ce que le genou soit au-dessus de la cheville. Dirigez le torse vers l'avant, levez les bras au-dessus de la tête et étirez-vous vers le ciel. Gardez la pose pendant quelques respirations. Revenez ensuite à la posture de la montagne, puis répétez de l'autre côté.

Le guerrier II (Virabhadrasana II) :
Prenez la posture du guerrier I, avec le pied gauche devant et le pied droit derrière légèrement vers l'extérieur. Tendez le bras gauche devant vous et le droit vers l'arrière. Les bras sont parallèles au sol et le torse est vers la droite. Étirez-vous jusqu'au bout des doigts et dirigez votre regard juste au-dessus de la main gauche. Puis, répétez de l'autre côté.

Le guerrier inversé (Viparita Virabhadrasana) :
Prenez la posture du guerrier II, avec le pied gauche devant et le pied droit derrière légèrement vers l'extérieur. Arquez-vous vers l'arrière en étirant le bras gauche vers le ciel jusque derrière la tête. Le bras droit peut reposer sur la jambe arrière. Répétez de l'autre côté.

La fleur :
Assis sur le sol, collez la plante des pieds l'une contre l'autre. Plongez les mains entre les genoux, puis passez-les sous les jambes pour qu'elles ressortent vers l'extérieur. Soulevez les pieds du sol et trouvez votre équilibre. Les pieds vont sans doute se séparer. Inspirez et expirez lentement. Quelle sorte de fleur êtes-vous ?

L'arc (Dhanurasana) :
Allongé sur le ventre, placez les bras le long du corps, paumes vers le haut. Fléchissez les jambes et étirez les bras vers l'arrière pour attraper les pieds, les chevilles ou les jambes. Inspirez et poussez les talons vers le ciel en soulevant la poitrine et les hanches du sol. Regardez droit devant et gardez la pose pendant quelques respirations. Il se peut que vous vous balanciez légèrement. Quand vous êtes prêt, redescendez lentement sur le sol.

L'enfant (Balasana) :
Agenouillez-vous en collant le dessus des pieds et les gros orteils au sol, puis assoyez-vous sur les chevilles. Les genoux peuvent être collés ou écartés au niveau des hanches. Descendez lentement la tête au sol en vous penchant vers l'avant. Vous pouvez laisser les bras le long du corps ou les étirer devant vous. Respirez lentement et gardez la pose tant qu'elle est confortable. Prenez cette posture pour vous détendre ou vous reposer.

Le cadavre (Savasana) :
Étendez-vous sur le dos, les jambes allongées et les bras le long du corps, paumes vers le haut. Écartez légèrement les jambes et laissez retomber les pieds sur le côté. Évitez de parler ou de regarder autour de vous. Quand vous êtes dans une position confortable, fermez les yeux. Laissez chaque partie de votre corps se détendre. Imaginez que vous vous enfoncez dans le sol et que la terre vous soutient.

Cette posture est parfois difficile pour les enfants. Il existe plusieurs techniques pour les aider à libérer leur esprit et à se détendre, tout en gardant la pose. Par exemple, on peut leur faire placer un petit objet sur le ventre, sur lequel ils se concentreront tout en respirant profondément et en restant immobiles.

En yoga, cette posture est toujours la dernière. Il ne vous reste plus qu'à vous féliciter du travail que vous avez accompli et d'en être fier.